KB042199

그대
소식이 궁금합니다

그대 소식이 궁금합니다

초판 1쇄 인쇄일 2019년 1월   3일
초판 1쇄 발행일 2019년 1월 10일

지은이 김근당
펴낸이 양옥매
디자인 임흥순
교   정 조준경

펴낸곳 도서출판 책과나무
출판등록 제2012-000376
주소 서울특별시 마포구 방울내로 79 이노빌딩 302호
대표전화 02.372.1537 **팩스** 02.372.1538
이메일 booknamu2007@naver.com
홈페이지 www.booknamu.com
ISBN 979-11-5776-671-0(03810)

이 도서의 국립중앙도서관 출판시도서목록(CIP)은
서지정보유통지원 시스템 홈페이지(http://seoji.nl.go.kr)와
국가자료공동목록시스템(http://www.nl.go.kr/kolisnet)에서
이용하실 수 있습니다. (CIP제어번호 : CIP2018043056)

김근당 시집

그때 _____
소식이 궁금합니다

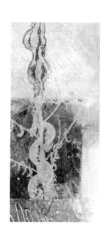

올해 여름은 유난히 무더웠다. 매일 38도를 오르내리는 속에 아파트 작은 도서관에서 내다보는 밖은 햇빛의 풍년이었다. 그 깊고 환한 햇빛을 가로막고 있는 유리창 안쪽은 에어컨이 씽씽한 침묵의 세상. 나는 여름 내내 그 경계에 앉아서 밖에서 번성하는 시어들과 안에서 익어 가는 시어들을 주워 모았다.

세상은 시시각각 변하고 그중에서 더욱 아름답고, 더욱 재미있고, 더욱 유익한 것을 찾아 분주하게 움직이는 사람들, 자연은 그들을 품어서 풍요로운 세상을 만들고.

한껏 익어 가는 가을, 나는 그렇게 주워 모은 시어들 또는 살아오면서 모은 시어들을 관념으로 버무려 새로운 시적 미학을 창조하고자 노력했다.

그리고 그렇게 묶은 시집을 세상에 내놓는다. 결과물이 얼마나 익었는지? 그것을 시집을 읽는 독자들에게 물으면서.

2018년 12월 15일
김근당

● 차례

시인의 말   • 5

1부
/
열리는
풍경

햇빛 환한 여름 한낮   • 12
산뽕나무 아래   • 13
낮달   • 15
태풍의 손   • 17
7월   • 19
꿈의 상승 곡선   • 20
영혼   • 22
봄의 향연   • 24
장미꽃   • 26
열리는 풍경   • 28
삼복더위   • 30
가을빛   • 32

2부

/

바람의
이정표

내 시가 그대로 나인가 • 36

봄밤 • 38

저만치 • 39

옛집 • 40

문득 • 42

그대 소식이 궁금합니다 • 43

질문 • 45

여름 • 46

달 • 47

바람의 이정표 • 49

말의 골짜기 • 51

커피를 마시며 • 53

3부

/

걸어가는
길

새벽 산행 • 56

계절 • 57

여름은 가고 • 59

걸어가는 길 • 60

눈발 • 62

가을의 비밀 • 63

숨바꼭질 • 65

초겨울 • 67

사람들 • 68

여행 • 69

외로움 변주곡 • 71

춤 • 72

4부

／

사랑의
굴레

그냥 • 74

변함없다 • 75

어쩌면 좋으랴 • 76

단풍 • 77

무명의 진실 • 78

기다림 • 79

이 순간 • 80

사랑의 굴레 • 82

오후 • 84

눈싸움 • 85

팽나무 • 86

5부

／

그놈

그놈(1~15) • 88

6부

/

실없는
대화

혼술 혼밥 • 110

환상 • 112

겨울 꽃 • 114

가족 • 115

정의를 찾는다 • 116

자유의 찬가 • 118

겨울이 오고 눈이 내리면 • 120

실없는 대화 • 122

커피를 마신다 • 124

너를 찾는다 • 125

작품 해설 • 126

-
- 1부

열리는
풍경

햇빛 환한 여름 한낮

제트기 한 대가 빠르게 지나간다
눈빛 속으로
반짝이는 빛이 정신을 깨운다

무거워진 숲은 조용하다
가슴속으로
푸른 녹음의 꿈을 제조하고 있다

거리엔 하얀 그림자들이 분주하다
세상 속으로
한낮의 비밀을 퍼 나르고 있다

비밀이 드러난 거리는 뜨겁다
현실 속으로
철학이 풀 수 없는 것들이 걸어오고 있다

그대_ 소식이 궁금합니다

산뽕나무 아래

사립문 밖
산비탈 모퉁이에
산뽕나무 한 그루

유월의 햇살들이
금빛 벌들처럼
검은 오디를 쪼면
그 향기가 바람 따라
열린 창까지 실려 오곤 했다.

짙은 나무 그늘에 한 소녀가
수줍은 미소 지으며 서 있는 듯

바로 그 순간
중학교 일학년의
가슴에 숨어 있던 사랑이
와르르 무너져 내리는 것 같아
달려 나가면

바로 거기
더욱 커진 산뽕나무 아래

사랑은 기억의 가지마다
검은 오디로 여물어
그 향기가
지친 삶 속으로
풍성하게 전해 오곤 했다

낮달

청명한 하늘에 낮달이
하얗게 떠 있다

죽은 자의 영혼처럼
그렇게

가슴속
어딘가에 있는
아버지의 영혼인 듯이

인연이 남아
하도 넓은 세상
손잡고 가자는 것일까?

가까이 다가오며
환하게 웃고 있는 달

살아온 날들 속에서
머리를 쓰다듬어 주던 정으로

아버지와 할아버지와
그 할아버지들이
두고 간 세상을
아름답게 만들기 위해

달의 뒷면에 모여 앉아
회의를 하고 있다고
속삭이는 듯이

하얗게 떠 있다

태풍의 손

나는 지금
바다의 심장을 잡고 있다
밖은 염천인데

해풍은 가까이서 아우성이다
꿈틀대는 바다
나는 온몸으로 느낄 수 있다

고요한 내부에는
신비한 음악이 날아다닌다
나의 지휘에 따라서

그러므로 나는
이 전율을 온 세상에 전해야 한다
왕성한 리듬으로

살아 있는 것들은 춤춰야 한다
신비로운 음악에 맞추어

이제 나는
할 일을 해야 한다
바다의 심장을 꺼내 온 손으로

도시가 푸른 숲으로 변하고
죽은 자들이 살아나 활보하는 거리에서

그대_ 소식이 궁금합니다

7월

7월은
문밖에 와 있다

물푸레나무 가지를 휘두르며
휘파람 부는 마부가
바다의 심장에서 퍼 올린 소식을
한껏 싣고 오는 소리에

밖으로 나가면
7월은 거기

염천의 천둥소리
느닷없이 쏟아지는 빗줄기와
빨갛게 피어나는 맨드라미
높은 곳으로 오르는 나팔꽃들이
태양에서 쏟아지는 비밀을 나발 불며

7월은 거기
문밖에 와 있다

꿈의 상승 곡선

고통의 한가운데도
기쁨의 순간이 있다.
희망과 절망이 그렇게
서로 얽히어 있으므로
삶은 의욕을 만들어 내고
의욕은 꿈을 키운다.

누구도 예외는 아니다.
꿈의 곡선을 타고 올라가면
넓은 세상이 보이고
의지가 삶을 경작하느니

경이로운 노동이 시작되고
나팔꽃 줄기 따라 꽃이 피듯
생생하게 뻗어 올라가는
꿈의 상승 곡선

존재가 그것을 키우느니
삶에 뿌리박은 꿈의
꽃은 위에 피는 꽃이 아름답고
줄기는 아래쪽이 더욱 튼튼하다.

영혼

여름날 새벽
잠에서 깨어났을 때
언뜻 내게로 오는 이

모습은 보이지 않고
음성만 다가와
간밤에 잘 잤느냐고
속삭인다

밖은 햇빛의 세상이다

그러므로 나는
밖으로 나가야 하는데

그는 풀숲에 맺힌 이슬처럼
정신을 촉촉이 적시며
속삭인다

가슴 두근거리게 하는
기쁨에 속지 말라고

그는 보이지 않고
밖은 여름이 무성한데

짙은 녹음
청명한 생명의 소리에
뒤따라오는 기억

가까이 있는 그의
목소리만 귀에 쟁쟁하다

봄의 향연

봄이 오는 소리
가슴으로 듣는다.
포근하고 부드럽게
사근사근 오는 소리

아스라이 먼 곳에서 다가와
쿵쿵쿵 가슴을 밟고 오는 소리에

생동하는 환상으로
오고 있는 술렁임

연분홍과 분홍 연노랑과 노랑
연초록과 초록들이 몰려나와
화려한 춤을 추는가?

산지사방에서
몰려오는 그들에
정직은 와해되고 욕망이 판을 치는
세상은 온통 자유의 물결

꿈들이 거리를 활보고 있으니
생각이 길을 찾지 못하네.

장미꽃

正午의
빨간 장미꽃
속 깊은 꽃잎에
은밀한 속삭임이 있다.

놀란 가슴으로 들어오는
부드럽고 상냥한 목소리

－세상에 버림받은 마음을 입양하는데요.
불쌍한 마음 하나 보내지 않으시려는지요?
은혜로운 마음으로…….

－거기 '마인드피싱' 아닌가요?
불현듯 하는 질문에

네. 맞아요.
마음을 훔친 대가로
기쁨을 얼마쯤 드리려 하니
계좌번호와 비밀번호를…….

붉게 물들이는 유혹에
마음의 비밀을 빼앗긴 오후

성취의 흥분으로
더욱 농염해진 장미꽃이
−비밀번호를 입력해 주어 고맙습니다.
속삭이고 있다.

열리는 풍경

그렇게
열리는 풍경이 있다.
창문의 커튼을 젖히듯
여름 아침 눈뜨고 일어나면
맑은 공기와 찬란한 햇빛 속에
간밤에 꾸었던 꿈들이 다투어 자라나
주렁주렁 달콤한 이야기를 달고 있는 풍경

그렇게
열리는 풍경이 있다.
창문을 활짝 열어젖히듯
마음의 문을 열고 나오면
생각의 줄기 뻗어 가는 넝쿨 속
하얀 찔레꽃 개망초꽃이 피어나듯
상큼한 사색의 향연이 펼쳐지는 풍경

그렇게
열리는 풍경이 있다.
오수의 유혹에 취하듯

그대_ 소식이 궁금합니다

엉뚱한 꿈속으로 들어가면
생명의 숲에서 몰려나온 정영들이
가지각색의 도깨비방망이 춤을 추며
위험한 욕망으로 빠져들게 하는 풍경

삼복더위

짙푸른 녹음 속
풀벌레들이 노래 부르고
산딸기가 빨갛게 익어 가는 곳에서
찾아드는 햇살과 색깔 고운 풀꽃들이
은밀한 대화를 하고 있다
―너의 사랑은 너무 달콤해
―그러니 네가 이렇게 예쁜 거지

산다는 것은 그러나
지지고 볶으며 얼크러지는 것
불볕더위와 짙은 녹음이 엉겨 붙은
붉은 엉겅퀴와 머루다래 넝쿨 속에서
왕성한 대화를 하고 있다
―너의 욕망은 끝이 없어
―그러니 삶이 풍요로운 거지

파란 하늘 아래
살아 있는 것들의 불문율
더욱 높은 곳을 향하는 이상과

그대_ 소식이 궁금합니다

한없이 넓은 곳으로 향하는 마음들이
속 깊은 대화를 하고 있다
-너의 생각은 너무 깊어
-그러니 꿈이 이루어지는 거지

쏟아지는 불볕 속 하루는 길고
속삭이는 대화들이 무성하다

가을빛

하늘은 파랗고
땅 위의 색깔은
물 한 바가지에 온갖 물감을
서너 방울씩 떨어뜨린 듯
색색으로 번지고 있다

풍만한 진노랑과
주변으로 흩어진 초록
사이로 퍼져 있는 주황색과
진하게 점찍은 붉은색들

울긋불긋
지나가는 바람에
조물주의 옷깃이 열리는 듯

물 드는 단풍들이
태양빛과 밀애하며
만들어 내는 이야기인 듯

그대_ 소식이 궁금합니다

오묘한 색깔들이
서로 얽히며 퍼져 나가는 가을빛

그 속을 걷는 사람들
서로 나누는 대화도 울긋불긋
가을빛으로 물들고 있다

2부

바람의
이정표

내 시가 그대로 나인가

나는 자주 넘어지곤 한다.
바람에 떨어지는 꽃잎처럼
그리고 그곳에서 나는 자주
시어들을 주워 모은다.
일용할 양식으로, 다람쥐처럼

사람들은 거들떠보지도 않지만

나는 말 없는 나무속에 들어앉는다.
하늘의 목소리가 들리고
잎이 나고 꽃이 피는 소식을
들을 수 있으니까

세상에는 시어들이 많다.
외로운 사람의 얼굴에서도
고통 받는 사람의 가슴에서도
꽃잎이 날리는 거리에서도
삶이 치열한 일터에서도

나는 다람쥐처럼
시어들을 주워 모은다.
일용할 양식으로

사람들은 거들떠보지도 않지만

그렇게 숨겨 둔 시어들을 쪼아 먹으며
나는 시를 쓴다.
말 없는 나무속에서
눈 내리는 풍경을 바라보며

세상에 없는 시
나만의 꽃을 피운다.
잎이 나고 꽃이 피는 소식을 전하는 詩

봄밤

삶은 진행 중이다.
하루를 실은 기차가 긴 불빛을 앞세우며
아파트단지로 들어오고
차창마다 실려 있는 이야기들이 하차하면

기쁨들이 마중 나오고
아파트 창문마다 불빛들이 쏟아져 나와
하차하는 반가움들과
떠들썩하게 하루를 풀어놓으면

희망이 가까이 온다.
고단한 하루가 풀어지며 보람이 돋아나
기쁨으로 피어나는 마음들이
살아갈 날들을 가늠하면

꿈은 어디에나 있다.
하찮은 이야기에도 사랑이 싹트는 사람들이
내일을 꾸미는 창문마다
환하게 행복이 돋아나는 봄밤

그대_ 소식이 궁금합니다

저만치

저만치, 꽃 피던 흔적이 있다
사랑이 싹트던 자리가 있다

기억의 색안경을 쓰고 보면
더욱 잘 보이는 흔적들

나비처럼 날아와
의식의 가지 끝에 앉으면
이만치, 열리는 세상

기쁨의 마차를 타고
희망의 채찍을 날리면
다가오는 풍경

저만치, 나를 부르는 풍경이 있다
사랑이 꽃피는 자리가 있다

옛집

싸리나무 울타리 성근 사이로
햇살이 뒤늦은 소식처럼 들어오고
수취인 없이 안마당에 쌓인 편지들을
쓸쓸한 바람이 한 장 한 장 넘기며
하얀 종이 위 깨알 같은 사연들을
새록새록 읽고 있다.

울타리 밑을 따라
무성하게 자라난 봉숭아꽃들은
빨갛게 속마음을 드러내고
빈 장독에 파란 하늘만 들어와 사는
검게 변한 볏짚 지붕 밑 툇마루엔
곰삭은 정(情)들이
앉아 있다.

두고 온 흔적들
못다 한 사랑이 곰팡이 핀 방 안에는
바람의 목소리만 두런거리고

그대_ 소식이 궁금합니다

가을 하늘이 내려앉은 마당엔
이루고 싶었던 꿈들이
빨간 고추잠자리 하얀 날개 위에
분분히 날고 있다.

문득

문득 그렇게
떠오르는 생각

망망대해 바다 위
거친 물결에 휩쓸리면서도
푸른 바다 깊이 뿌리내린 작은 섬

붉게 피어 있는 동백꽃 사이
하얗게 구부러지며 오르는 오솔길
끝에 숨어 있는 집에서 나오는 아이 같이

가슴속에서 걸어 나와
말이 되고 詩가 되는
생각이 있다

그대 소식이 궁금합니다

어느 날
내 가슴속 둥지에서
하얗게 날리는 눈발 속으로 날아간 그대

지금 어떻게 지내고 있는지
그대 소식이 궁금합니다.

마음 한편에서
"자기야!" 하고 소리치면
"여기 있어요!" 하고 대답하는
목소리가 들릴 것 같은데

이곳은
언덕 너머에 있는 삶의 현장

들리는 소문에
그대 꿈꾸는 둥지에
사각사각 새록새록 눈이 쌓여
날개를 펼 수 없다는데

날이 갈수록
그대 생각에 잠 못 이루는 나는
마음만 쌓여
꿈을 이루고 있는데

무성한 세월
살아온 날들에 얽히어
찾아갈 수 없는 이곳에서

그대 소식이 궁금합니다.

질문

어둠 속에 눈이 내리고
하얀 눈송이들이 속살거리며
알 수 없는 이야기들을 만들어 내면
나는 의식의 문을 나선다. 방향을 잃고
흰 옷 입은 천사와 검은 옷 입은 악마 사이로

어둠의 장막 속에서 눈은 자꾸만 내리고 눈 속의 이야기를
따라 헤매는 나는 유혹의 검은 가지마다 하얗게 피어 있는
눈꽃들이 나를 부르는 것 같아 자꾸만 이리저리 뻗어 나가
는 검은 가지들 사이를 헤매며 속삭이는 이야기들이 천사
의 미소인지 악마의 유혹인지 모른 채 욕망과 환영의 허방
다리 짚으며

묻곤 한다.
눈은 왜 자꾸만 내리고
검은 가지 사이를 헤매는 나는
내가 어떤 모습인지, 모르는 내가
되고 싶은 형상은 어디에 숨어 있는지

여름

염천에서
번개가 번쩍이면
우르릉 쾅, 뇌성이 울리고
우르르 빗줄기가 쏟아진다.

땅 위의 메마른 초목들
신나는 의식의 춤을 추며
생명의 줄기마다 행복이 샘솟는
여름날의 축제

신의 의지로도 바꿀 수 없다
뻗치는 정기가 생명의 줄기 타고 오르며
욕망의 기쁨을 풀어놓으면
풍성하게 열리는 삶의 잔치

하찮은 생각들이
사색으로 자라나
산발한 상념의 숲에서도
사상의 열매들이 익어 가고 있다

그내_ 소식이 궁금합니다

달

이룰 수 없는
꿈을 꾸는 밤마다
달빛은
창문 밖에서 밝게 웃으며
속삭이곤 한다

너의 꿈은 현실에 있다고

창문을 열고 보면
꿈을 잃은 도시의 하늘
어슴푸레한 현실 속에
하얗게 떠 있는 달

환한 빛으로
삭막한 삶의
잔해들을 헤집으며
살아갈 길을
찾아 주고 있는데
욕망이 달빛에 물들어

길을 잃고
꿈속을 헤매는 나는
신비로운 달빛으로
아름다운 길을 찾아 달라고
보채는데

고단한 잠에서 깨어나면
달은 언제나 그 자리에서
환하게 웃으며
나를 내려다보고 있다

바람의 이정표

내일로 가는
길은 어디에?

샛바람이 동쪽에서 불어와
로터리의 한복판에서 서성이고
하늬바람은 서쪽에서 불어와
서로가 길을 묻지만
모르기는 마찬가지

건들바람이 오면
단풍 길이 열리고
마파람이 비를 몰고 오는데

꽃바람은 어디로 갈지
고추바람에게 묻지만
모르기는 마찬가지

서로 얽히어
갈 길을 찾을 수 없는
바람의 이정표

새로운 세상으로 가려는 바람들이
길을 찾고 있지만

내일로 가는
길은 어디에?

말의 골짜기

골짜기는 넓고
골짜기는 깊다.

서로 엉키어 소란스러운
누구라도 빠지면 나오지 못하는
말의 골짜기

말이 말을 낳고 말이 말을 죽이며

가식의 모습으로
양심의 모습으로
거짓의 모습으로
정의의 모습으로

형상을 바꾸며 깊어 가는 골짜기

색색으로 말의 꽃들이 피어나고
현란한 말의 단풍으로 물들어

지조를 잃은 사람들
길을 찾지 못하는

골짜기는 넓고
골짜기는 깊다.

커피를 마시며

삶의 여유 사이에서
두고 온 시간을 음미한다

커피는 믹스커피
달콤함을 빼놓을 수 없다

살아온 날들이
가슴에 뿌리내리어
오늘을 만드는 시간

후회와 보람이 믹스되어
씁쓸한 맛도 중화되는지

구수하게 입맛을 돋우며
한 모금 한 모금 마시는 커피가
정신의 향료가 되는 것을……

살아온 날늘 속
거친 돌 틈에 피던 작은 꽃처럼

하찮은 꿈으로도 나는
삶의 향기를 느끼곤 했다

3부

걸어가는
길

새벽 산행

여름의 통로에
꿈의 안개가 피어 있다.

달콤한 잠에서 깨어난
밤의 끝머리

싱그럽게 다가오는 바람들이
어둠 저편에서 보고 들은 것들을 속삭이고

여명으로 다가오는 소망들이
찬 이슬에 세수하고 나오는 오솔길에

소나무, 오리나무, 떡갈나무 사이에서
날아오르는 비둘기의 하얀 날개

오늘을 여는 새벽 나는
비둘기가 날아가는 곳을 향해 뛴다.

그대_ 소식이 궁금합니다

계절

그들은 서로에게 친절하다
배턴 터치를 하며
눈에 보이지 않는 비밀을
넘겨주는 그들은

세상 속으로 달려간다.
사람의 의구심을 거두며
태양이 세상의 정수리 지점으로
떠오를 때까지

달려온 희망이 기쁨이 되어
축제가 열리고
비밀이 꽃으로 피어나는 곳

사람들은 그곳에서
창조 작업을 시작하고
그들은 연금술사, 꽃으로 열매를 빚는
성숙의 현장으로 달려간다
그들의 알곡을 거두기 위해

알곡들은 그렇게 역사를 기록하고
사람들은 알곡을 먹는다
미래를 위해

주자는 사색의 들판을 달린다
시간이 쌓여 날이 되고 달이 되는
새로운 세상을 향하여

여름은 가고

맑은 하늘에서 포성이 울리고
전쟁은 치열했다

소총수들의 따가운 총격 소리가
주변에서 울리고

전사자들의 무덤에서
빨간 꽃들이 피어나고 있을 때

정열에 목말라하던 너는
전장에 나가 소식이 없더니

타는 가슴에 피어나는 꽃처럼
쑥부쟁이, 개망초, 구절초, 개미취

포화 속에서 죽어 간 영혼들이
길가의 꽃으로 피어날 때

꽃길을 걸어오는 너의 모습이
몰라보게 성숙해 보인다

걸어가는 길

걸어가는 앞길에
내가 알지 못하는 풍경이 있다
초원도 들판도 아닌
바위틈 사이에 꽃들이 피어 있는 길
어제는 몰랐던 길이
목마른 희망처럼
휘어져 돌아가고 있다

뒤돌아보면
광야를 지나 도시를 지나
멀리에서 어제까지
욕망과 사랑을 위해
때 묻지 않고 살 수는 없었다
사람 같은 사람이 되기 위해

걸어오면서
불행과 좌절이 겹칠 때도
멈춘 적이 없었다

어둡고 위험한 벌판을 헤매며
길을 찾기도 했다

운명을 개척하기 위해
돌의 어둠 속이라도 뚫고 들어가려 했다
피하지 않고, 길을 찾아서
역사 속의 운명을 헤치며
삶의 굴곡에서도 꽃을 피우는
바위틈에 뿌리박은 꽃처럼

걸어간다 나는
꿈꾸는 것들을 현실로 만들기 위해
사람들의 세상 속으로

위험한 열정에 가슴까지 빠지기도 하겠지만
가슴은 삶의 벌판 같은 것
벌판 속의 들소처럼
걸어온 날의 사랑을 되새김하며

눈발

너를 찾아가는 길에 눈발이 거세다

앞을 가로막는 눈발에 발길이 더디다

너를 혼자 두고 온 곳까지는 길이 멀어

내 간절한 마음까지도 닿지 못할 것 같다

네가 있는 세상에도 눈발이 거셀 것이니

눈발 속에 꽃송이처럼 묻혀 있을 너를

눈송인지 꽃송인지 분간할 수 없을 것이니

애처로운 너의 모습을 어떻게 찾을까

이정표도 생사의 경계도 없는 길에

쏟아지는 눈발만 가슴을 적신다

가을의 비밀

햇빛이 따가우면 생각이 익고
비바람이 불면 가슴이 젖었다

뜨거운 불장난에
진정을 모르는 사랑이
빨갛게 타는데 달빛이
신비로운 음악을 연주한다

익어 가는 계절에
온 천지는 사색의 물결

노랗고 빨갛게 물드는 단풍에
음악이 젖어들어 열정을 더하는 색깔의
사색이 성숙을 제조하고

저마다의 색깔로 익어 가는 과일들이
감미로운 노래를 부른다
달빛 밝은 밤에

사랑은 여물어
내일을 꿈꾸고 있다

숨바꼭질

그대는 내 사랑
수많은 세월이 흘러도……
그것은 진정한 거짓말

시간 속에 숨어 있는 그대
사랑의 아름다운 실체 같지만
다가가면 모습을 감추는 그림자
오늘의 햇빛이 만들어내는

사랑은 단풍 같은 것
영혼이 목마름 타는 단풍 속으로
그대를 찾아 들어가는 나는
어쩔 수 없는 술래

—날 찾아봐라
삶의 깊이에서 들리는 소리에
지나간 날들을 더듬어 들어가 보지만
머리카락도 보이지 않는 그대는

세상 속으로 꼭꼭 숨은 사람
낙엽 분분한 거리를 헤매는 나는
영원한 술래

초겨울

붉게 물든 단풍도
떨어져 바람에 날리는데
고향 집은 멀기만 하다

집으로 돌아가는 길에
옷 속으로 파고드는 바람이 시리고
바람에 쫓기는 햇빛은 저만치 배회하고 있다

가슴을 적셔 주던 땅거미는
총총히 제 갈 길로 돌아가고
쓸쓸한 거리가 마음의 끈을 잡고 있는데

외로움을 받아 줄 고향 집은
무거운 하늘에 눌려 더욱 작아 보이고
낮은 굴뚝 끝 저녁연기는 흐리게 흩어지고 있다

사람들

사람들이 가고
사람들이 온다

흔적을 남기고
흔적을 지우며

피고 지는 꽃들처럼 색색으로 마음 물들이며 벌이는 놀이
에 저마다의 대사로 연기하는 연극은 화려한 혼란으로 전
개되고 어릿광대놀이에 빠졌던 사람들 분분히 흩어지며

내일을 약속하고
내일을 지운다

사랑을 꽃피우고
불신의 잎 틔운다

그대_ 소식이 궁금합니다

여행

자! 그러면
떠나는 거야
미지의 세계로

현재에 머물러 있는
낯익은 거리와 낯익은 사람들
낯익은 생각들이 만들어 놓은 너와 함께

땅을 튕기고 올라간 만큼
파란 하늘을 가로질러 어디쯤
다른 사람들이 만들어 놓은 세상으로

낯선 풍경에 낯선 사람들
거리를 지나고 마주치며
너는 어색하지만

뭐 별것 아니야
흥미로운 거리를 활보하며
그들의 세상에서

새로운 네가 되는 거지
인간의 절대 독립이 없는
신의 이름으로 증명할 수 있으니

오랜 세월
숨어 있던 의식이 깨어나
불러내는 영감으로

역사의 뒤란에
인간이 숨겨 놓은
보물을 캐내는 거야

그대_ 소식이 궁금합니다

외로움 변주곡

오늘도 여자는 강둑에 앉아 있다
어제처럼
남자가 여자 옆에 앉는다
조금 더 가까이
돌아보는 여자의 얼굴이 하얗다
시들어 떨어진 백합꽃처럼
─정경情景이 들리지 않나요?
남자가 조용히 말한다
─강물 속에서 들려오는 저 소리
차이코프스키 백조의 호수 발레곡 중에
정경에 연주되는 오케스트라 같은……?
─그러고 보니……
여자가 남자를 본다
감미롭게 들리던 물소리가 점점 웅장하게 다가오며
여자의 마음이 물소리에 젖어든다
─외로움 변주곡이지요
남자가 좀 더 가까이 앉는다
─그런가요?
여자의 얼굴에 생기가 돈다
물을 빨아올린 백합꽃처럼

춤

너를 찾아간다.
가벼운 몸짓으로
이상理想의 나라에 있을 너를

무한 공간에
상상의 길을 찾아
팔을 벌리고 발돋음하며

날개를 달아 주는
음악의 선율로 날아오르는
무아지경의 몸짓으로

은혜로운 너의 헌사
부활의 기쁨으로 획득한
사랑의 싱싱한 전리품

사뿐히 내려앉는다, 그렇게
환상을 현실에 풀어 놓으며
날개를 접는 백조처럼

4부

사랑의
굴레

그냥

그냥 피는 꽃이 아름답다.
거친 수풀 속에서
퍼 올리는 꿈

그냥 이루어지는 사랑이 아름답다.
억지로 꾸미지 않는 가슴에
익어 가는 진실

그냥 그렇게
살아가는 기쁨들이 꾸미는
아름다운 세상에

그렇게 살아
그렇게 사랑하고
그렇게 행복해지는
그냥

변함없다

돌아오면 그 자리
먼 곳을 여행하고, 또는
하루의 일을 마치고 돌아와도
조잘대는 참새들처럼 날아간 날들
기대했던 것을 남겨 놓지 않았다
침묵으로 일관하는 나무처럼
같은 꽃을 피우고, 생각은
먼 곳의 노스텔지어
또 다른 것을 그리워하지만
돌아온 자리는 그 자리
참새들이 쪼아 먹던 흔적만
뚜렷할 뿐, 변함없다
존재가 삶을 키우고
삶이 세월을 먹고 있는
자리는

어쩌면 좋으랴

하얗게 쏟아지는
눈발 속의 분홍 실루엣
아릿한 마음으로 다가가니
그제야 너의 모습이 드러나며
사랑 찾아 여기까지 왔는데
길을 찾을 수 없다고

애련한 모습으로
굳은 의지마저 차가운 눈에 덮여
뜨거운 정열도 어쩔 수 없이
하얗게 쌓이는 눈 속

오롯이 드러나는 진실만
알몸으로 떨고 있으니
어쩌면 좋으랴
세상은 눈보라뿐이어서
아무도 알아볼 수 없는 모습으로
가슴만 태우고 있는 것을

그대_ 소식이 궁금합니다

단풍

푸른 삶 속에서 땀 흘리며
이루고 싶었던 욕망이 얼마나 많았던가?
가지각색의 색깔들이 저만큼 앞에서
저마다 살아온 날을 이야기하고 있다

행복은 현재를
가슴에서 요리하는 것이라는데
살아온 날의 기쁨과 욕망 실패와 아쉬움을
섞어 넣고 끓이면 진국이 우러나는 것일까?

모두들
진실했던 삶들을
저마다의 색깔로 우려내며
거기 그렇게

세월의 깊이에서
길어 올린 것들을 보여 주고 있다

무명의 진실

나를 찾는다. 헛된 욕망의 땅에서
살아온 날들은 수많은 가지를 뻗어 뿌리의 양식을 고갈시
키고
기쁨의 노래
신나는 춤
굳은 줄기에 옹이 박혔다. 꿈을 찾는 광산에서
정열의 곡괭이질은 점점 무뎌져 숨어 있는 꿈을 찾지 못하고
사랑의 고갈
의지의 소진
삶의 연료는 점점 바닥이 드러났다. 내일로 가기 위하여
굳은 줄기에 박힌 옹이를 빼내어 불쏘시개로 쓰는 허전한
가슴에
끈질긴 약속
무명의 진실
잃어버린 길을 찾는다. 정복당한 땅에서
꿈의 전쟁에 미아가 된 어린 아기를 안고 올 나를 위하여

기다림

가을 하늘에 기러기 날아가는 것을 본다.
푸른 산허리를 하얗게 돌아
풍경을 끌고 가는 여정

언제쯤 돌아온다는 기약은 남기지 않는다.
살아온 세월을 가슴에 담아 두고
다른 세상으로 가는 설렘

지구를 한 바퀴 돌면 다시 올 수 있을까?
미지의 세계에서 꽃피운 사랑을
한 아름 안고 올 기다림

이 순간

오월의 해질녘
아파트 공원 가운데서
꽃다발을 들고 있는 일곱 살 손녀
피아노 연주회를 마치고 온다는, 아들과 며느리 그리고
검은 고양이 '네로'같이 딸려 있는 네 살 손자
마침 저녁 외식을 나가던 우리 부부는
그들 앞에 얼핏 발을 멈춘다.

석양빛 때문일까?
갑자기 만난 그들의 모습이
언젠가 그때의 행복 같은
착각에 빠진 것은

살아가는 날들 속에서
매일 보던 아들네 가족이
내가 살았던 한때의
모습 같이 보이는
이 순간

그대_ 소식이 궁금합니다

가슴속에 묻혀 있던 행복이
현실로 살아나는 것을

사랑의 굴레

잃어버린 세월 속의
사랑은 내 안에서 자라고
나는 해마다 후회의 꽃을 피운다.

한 뿌리에서 피어난 꽃은
같은 모양 같은 색깔인 것을
질곡의 세월에 굳은 가지에서
먼저 피어났다고
여린 가지에서 끝에서
내일을 향해 봉오리 틔웠을 너를

못났다고
지질한 모습 보이지 말라고
봉오리 속에 멍이 들도록
굳은 둥치에서 올라오는
고집스런 질책으로

세상 비바람에 내몰린 너
꽃다운 행복 누리지 못하고
두려움에 낙화되었던 것을

세월이 흐른 후에야
알게 된 너의 빈자리
풀리지 않는 사랑의 굴레에
나는 해마다 후회의 꽃을 피운다.

오후

팔월의 첫날
하루가 무성한 오후 세 시

탱자나무 울타리를 돌아 나간 땡볕들이
욕망으로 들뜬 신작로를 활보하며
가슴 푸른 가로수들과 왁자지껄
사색을 흥정하고

탱자나무 울타리 안에서는
한낮의 흥정에서 얻어 내었을
석양을 한 아름 안고 오는 그들을
맞이하기 위한 잔치 준비가
한창이다.

눈싸움

시간이 지나간 자리
넓은 마당에 눈이 내리고
너와 나는 눈싸움을 한다
너는 깔깔거리며 나를 쫓아오고
나는 잡을 수 없는 너를 쫓아가며
풀리지 않는 동그라미를 돌며
가슴에 뭉쳐 두었던
눈뭉치를 던진다

함박눈이 쏟아지는 빈 마당에서

빙글빙글 도는 동그라미는
구심력보다 원심력이 컸던 것일까
점점 멀어지는 너와 나 사이에서 던지는
눈뭉치들은 서로에게 닿지 못하고
하얗게 쏟아지는 눈송이들 속에서
너는 점점 멀리 달아나고
나는 안타까움을 쫓는다.

하얗게, 추억만 쌓이는 빈 마당에서

팽나무

있다가 없어진 것이
있을 것 같은 그 자리에
살아온 날들을 뒤덮을 듯이
우람하게 서 있다.

높이 올라가면 세상 끝이 보이고
가을이면 빨갛고 노란 열매가
온 하늘을 뒤덮으며 마을 아이들
불러 모으던 모습으로

세월이 지나간 자리
팅 빈 집 마당 옆 언덕에서
무성한 잎들이 낙엽 지듯
가슴 설레던 기억들
우수수 떨어지고
있다

5부

그놈

1

무지한 손으로
내 생각을 움켜쥐고
어리석음과 두려움의 꼭두각시놀이로
사람들의 웃음거리가 되게 하고

삶의 순간마다
소나무 재선충처럼
속속들이 파고 들어와
나를 고사枯死시키고 있는 놈

나는 그놈을 죽여야 했다.
겪어 온 역경과 고통
운명의 동산에서

내가
좌절에 빠져 잠이 들 무렵
천연덕스럽게 찾아온
그놈을

2

자! 술이나 한잔하세.

그대_ 소식이 궁금합니다

......

그렇게 속을 끓인다고 뭐 좋은 수가 있겠나? 몸만 상하지.

......

열심히 살지 않았나. 세상이 잘못된 거야. 야비한 놈들이
잘되는 판이니
하지만 정의는 살아 있으니까. 다시 일어설 수 있을 걸세.

그놈이
소주병과 마른 안주거리를 꺼내 놓으며
너스레를 떨었다.

나는 뒤돌아갈 수도 앞으로 나갈 수도 없는
후회만 낙엽처럼 쌓인
자리에서 일어나
그놈을 향해
앉았다.

언제나 그렇듯
내가 후회하는 만큼
똑똑히 보이는 그놈

나는 그놈이 여유만만하게 술잔을 드는 순간
가슴에서 권총을 꺼내

방아쇠를 당겼다.
탕. 탕. 탕.

3
정신이 혼미한 총소리에
인생의 전말은 무너져 내리고
무너진 삶의 잔해 속에서 내가 정신을 차렸을 때
그놈은 문을 박차고
달아났다.

어둠이 내려앉은 뒷동산으로
모질게 자란 관목들과 싸리나무들
덩굴줄기와 잡초들이 얽히어 있는 사이를
헤집으며

철쭉꽃이 붉게 피면
비바람이 불고
단풍이 곱게 물들면
진눈깨비가 내리곤 했던 뒷동산

저만치
추억이 마른 나무처럼 서 있고

그대_ 소식이 궁금합니다

사랑이 넝마처럼 걸려 있는 밑으로
어둠 속의 하얀 도깨비처럼
보였다 없어졌다 보였다 없어지는 그놈

삶의 깊이에서 날아오는 화살처럼
가슴을 뚫고 올라오는 육감으로 나는
거친 넝쿨과 잡초 돌투성이 길을 더듬어
그놈이 숨어든 길을
더듬어 나갔다.

4

경험은 확실한 증거였다.
그놈과의 수많은 갈등처럼
선명하게 찍혀 있는 발자국
그렇다 그것은 그놈의 행적!

동산에 노란 개나리가 피어 있던 고등학교 2학년 4월이었다.
─우리 소설 한번 써 볼까? 나라신문에서 장편소설 모집한
다더라. 너랑 나랑 거기 한번 도전해 보자.
학교 뒷산으로 산책하자던 문학반 친구가 말했다.
─그래도 될까?
나는 친구의 뜬금없는 말에 어리둥절했다.

-못 할 게 뭐 있나. 전국일보에 당선된 학교 선배도 고등
학교 때 쓴 거야.
우리라고 못 할 게 뭐 있나

-될 수 있을까? 나는 우리나라 최고의 대학에 목표를 두
고 있는데……
바로 그때였다.
-그럼. 되고말고. 너는 천재이니까. 공부는 3학년에 가서
하면 되지. 너라면 충분해. 너는 천재이니까.
그놈이 불쑥 나타나 내 가슴을 움켜잡았다.

그랬다. 그놈은
동산의 숲속 깊은 곳으로
생각지 못했던 보물이라도 있는 것처럼
나를 끌고 갔다.

그러나 숲은 바위투성이였다.
때로는 가시넝쿨이 길을 막고
유혹의 줄기들이 이리저리 뻗어 나가며
계절을 모르고 피어나는 한두 송이 꽃이
길을 잃고 헤매게 했다.
친구는 처음부터 쓰지 않은 소설을
줄기차게 붙잡고 늘어져

그대_ 소식이 궁금합니다

진구렁에 빠진 나를

5

옳지!
그렇지!
그놈의 행적!

나는 눈에 불을 켜고
그놈의 행적을 더듬어
동산 속 길을 찾아 나갔다.

살아온 날 속에
잎들이 황색으로 늘어진
굵은 줄기들이 얽히어
앞을 가로막고 있는 길에
묻혀 있는 그놈의 행적

회사가
새로운 프로젝트로
한동안 어수선하던 때였다.
−네가 한번 해 봐. 회를 위해, 아니 국가를 위해 한번 해
보는 거야.

그놈이 열을 올렸다.

-그건 기술부 일이잖아.
-그놈들 하는 짓이 기존 공장 복사하는 것밖에 더 있나.
그 공장은 네가 잘 아니까. 새로운 공정을 구상해 보라구.
-그래도 회사에는 조직이라는 것이…….
-에헤. 너는 그 소심한 것이 병이라니까. 과장이나 부장
놈들, 아니 임원 놈들까지 보라구. 하나 같이 저보다 높은
놈에게 붙어서 아부하고, 파벌을 만들고, 중상모략으로 출
세하는 놈들 아닌가 말이야!
그놈은 입에 거품을 물기까지 했다.

그랬다. 그렇게
욕망과 무지의 줄기가 뻗어 나가며
망상과 욕심의 잎들이 돋아나
길을 덮은 동산에서 그놈은 패러독스

6
유혹의 잎사귀 밑에 숨어 있는
그놈의 또 다른 모습에 속아
프로젝트 회의가 있는 날
나는 밤새도록 연구한 결과물을

브리핑 차트로 만들어 발표했다.

자신 있게, 강하게 밀어붙이라는 그놈의 응원을 받으면서 그러나 회의장 분위기가 이상했다.

뙤약볕에 물을 뿌린 것 같았다.

기술부서 사람들은 더러운 벌레를 씹은 얼굴이었다.

네가 어떻게 이런 보고서를…… 하는 것 같기도 했고, 생산과장이 뭘 안다고…… 하는 것 같기도 했다.

그러자 회의를 주재하던 전무가 서둘러 말했다.

―강 과장이 수고는 했지만 입증되지 않은 기술은 우리 회사에 적용할 수 없습니다. 그러므로 강 과장의 보고는 없던 것으로 하겠습니다.

나는 벌떡 일어나 반박하려 했다. 그러자 그놈이 내 가슴을 움켜쥐고 놓아주지 않았다. 나는 벌게진 얼굴로 숨을 헐떡거렸다. 회의장 사람들이 모두 나를 바라보았다. 동정과 멸시의 눈빛 같았다. 나는 어쩔 수 없이 자리에 앉고 말았다.

―낙하산 사장이잖아…… 전무가 사장이 찜한 공사업체를 옹호하느라고 그렇게 말했지만 세상에 정의는 살아 있으니까. 이제 두고보라구. 회사 내에서 너의 보고서가 화젯거리가 될 것이니까.

회의를 마치고 나오는 나에게 그놈이 어깨동무를 하며 속삭였다.

그러나 화젯거리는커녕 사람들이 나를 피하는 것 같았다.

7

아내가 집을 나갈 때도 그랬다.

−아주머니의 성품이나 인격으로 보나 곧 돌아오지 않겠나.

그놈은 나보다 더 아내를 잘 아는 것처럼 말했다. 아내와 말싸움을 할 때마다 물러서지 말고 맞서라고 펌프질하던 놈이었다.

−아이들도 있는데. 기다려 보세. 곧 돌아올 걸세.

그놈은 장담했지만 아내는 돌아오지 않았다.

이제 어떻게 살 거냐고

왜 힘 있는 줄에 서지 못하고

쓸데없는 짓이나 해 구조조정당하느냐고

등신 같은 당신과 어떻게 살겠느냐고

이제 초등학교 삼학년 일학년인 딸과 아들을 두고

동산 너머 들판을 가로지르는 밤기차를 타고

나도 모르게 떠난 아내였다.

그놈은 풀죽어 있는 나를

위로한답시고 찾아온 모양이었다.

굳어진 운명에 죽은 희망을
뻔뻔스런 얼굴에 감추고

8

저만치
어둠이 내려앉은
무성한 숲속에서
반짝였다 없어지고
없어졌다 반짝이는
반딧불이 같은 것이 보인다.

마치 잃어버린 추억 같이
희미하게 빛나는 불빛에 나는
세월의 줄을 잡아당기듯이 발에 힘을 주고
한 발 한 발 다가갔다. 그러나 그것은
옻나무들이 무성한 숲속의 돌 틈에서 새어 나오는
미궁의 불빛이다.

마치 나를 끌어당기듯이
의구심을 일으키는 불빛
나는 불타는 예감과 떨리는 오감에
하나하나 돌을 걷어 내고

기어 들어갔다.

굴속은 살아온 만큼 깊고
좌절한 만큼 거칠고
들어갈수록 점점 넓어진다.

그런데!
저것은 누구인가?
호롱불빛 밝은 작은 방에
혼자 앉아 술을 마시고 있는 젊은이
나는 잽싸게 권총을 빼 들어 겨냥했다.

9
−이놈아. 나야 나!
갑자기 들리는 소리
귀에 익은 목소리에 나는 주춤한다.
−순사에게 들킬라 빨리! 빨리 들어와!

아버지의 목소리에 나는
눈이 휘둥그레져 방 안을 둘러보았다.
굴속은 원시인의 거주지 같지만
마른 풀과 짚이 깔리고

돗자리를 덮은 한쪽에
심청전, 춘향전, 장화홍련전 등
표지가 다 헐은 책들이 놓여 있다.

아 아 이것은 세월의 전도?
내가 모르는 선험의 발현? 아니면
동산 깊은 곳의 비밀 창고인지도 모른다.
정말로 내가 알고 싶었던, 그러나
그놈의 아지트인지도……?
나는 혼돈에 빠진다

―오는 중에 일본 순사를 보지 못했느냐?
―아버지! 이게 어찌 된 일입니까?
―쉿 조용히…….
―술은 또 웬 것이고요?
―밤낮없이 굴속에서 어떻게 견디겠느냐?
네 할머니에게 가져다 달라고 했다.
―너도 한잔해라.

10

누런 막걸리가 가득 찬 술 사발이다.
나는 지치고 허기진 차에 벌컥벌컥 막걸리를 들이마셨다.

-그래. 잘한다. 한 사발 더 해라.
얼결에 들어간 술에 정신이 얼떨떨하다.

두 사발 술에 정신이 아득한 그곳
기억이 애증의 날개를 달고 하강하는 그곳에서
나는 그놈과 칼싸움을 했다.
옻칠쟁이가 껍질을 벗겨 간
날씬하고 긴 옻나무 막대기로

-그래. 잘한다.
그놈은 나를 공격했고
나는 그놈의 막대기를 막고
한바탕 싸움에 나는 옻이 올라
벌겋게 발진이 생긴 몸으로
삼 일간 사경을 헤매었다.

온몸에 닭의 생피를 바르고
그 피를 마시며
무당의 칼춤에 혼을 빼앗긴
운명의 수렁에서 생생하게 들리던 목소리
-그래. 잘한다. 그래 잘한다. 그래 잘한다.

동굴 깊이에서 메아리처럼 들리는 그놈의 목소리에

그대_ 소식이 궁금합니다

나는 정신을 번쩍 차리고 권총을 빼어 들었다.
아버지로 현신한 그놈
아 아 동굴 깊이 박혀 있는 正體의 혼돈
혼돈의 수렁에서 본색을 드러낸 그놈이
쏜살같이 밖으로 튀어 나갔다.

11

밖은 캄캄하다.
먹먹한 정신처럼
술 때문일까? 아니면
아버지로 현신했던 그놈 때문일까?
내가 어디에 서 있는지
어디로 가야 좋을지
알 수 없다.

어둠을 먹은 동산에
내가 알지 못하는 오솔길
나는 그곳에 서 있었고
하늘의 별 하나가 속삭였다.
모든 생명들은 생긴 대로 살아간다고
자연의 섭리는 거역할 수 없다고

그것은 나에게
그놈의 행적을 더듬는 나침반이 되었고
나는 나침반을 따라
오솔길을 더듬어 나갔다.

그러나 오솔길은 하얀 안개에 점점 덮여 가고
안개는 동산을 낯설게 했다.
아무도 그 비밀을 말해 주지 않았던
숨어 있는 동산의 속성이
몸 털고 일어나는 것처럼

나는 안개를 헤치고
운명에 휘말린 길을 따라
그놈을 찾아 나갔다.
어리석은 귀신의 속성으로
동산의 어딘가 숨어 있을 그놈을

12

그런데
저것은 앵두?
무뎌진 기억처럼 나타나는
지붕이 다 헐어 있는 기와집 뒤뜰에

그대_ 소식이 궁금합니다

울타리처럼 둘러서 있는 나무에
주렁주렁 달려 있는 저것은

그렇다. 그것은
중학교 일학년 때 갔던 외갓집
소아마비의 다리를 절룩이는
외사촌 누나가 따주던
빨간 앵두다.

나는 반가운 마음에
기억의 뒤뜰로 다가갔다. 그런데
다닥다닥 붙은 앵두송이의 무게를 못 이겨
바닥까지 휘어진 가지들 사이로
희끗희끗 보이는 것

혼란의 미궁으로 끌어들이려는 것에
나는 항거의 권총을 뽑아 들고
살금살금 다가갔다.
그때다.

13
−얘야! 나다. 나. 어미야!

앵두나무 속

시간의 미궁에서 들리는 소리에

나는 정신이 번쩍 들었다.

–어머니! 이 밤중에 여기는 어째서……?

–그노메 정신대 때문이다.

–정신대라니요?

–금순이 년이 끌려가는데 느이 할머니가 나보고 대신 나

가라고 해서……

–왜요? 어머니!

–막내 금순이 년은 어려서부터 느이 할머니에게 귀여움을

받았단다. 딸만 일곱이나 되는 중에 끝에서 두 번째인 나

는 언제나 천덕꾸러기였지.

–언니들은요?

–서둘러 시집가고 둘만 남았다.

–그래서요?

–산속으로 도망갔다가 겨우 여기에 숨어 있는 중이다. 밥

이라도 훔쳐 먹으려고.

어머니의 눈빛에 애착이 가득하다.

가슴 한복판에서 두려움과 불안을 낳고

열등을 낳고 좌절을 낳고 증오를 낳고

낳고 낳아 돌덩이처럼 굴러다니는 자식들을

어쩌지 못해 애태우던 것처럼

나는 울컥하고 치미는 슬픔에
어머니를 와락 끌어안았다. 그때다.
나를 밀치고 달아나는 놈이 있다.
어머니의 광목 치마 속에서 뛰쳐나온 놈
그놈이다.

−막내야! 어쩐다냐……?
뒤에서 들리는 어머니의 애절한 목소리에도
나는 뒤돌아보지 않았다.
수많은 고통과 좌절의 상징처럼
실체가 드러나는 그놈을
잡아야 했다.

14
꼭대기로 올라갈수록
박혀 있는 돌들과 거친 바위들
아! 삶의 깊이에 박혀 있는 오점들이
굳어 돌이 된 듯, 그래서 그놈이 요리조리
잘도 빠져나가는 서툰 길을 나는 헐떡거리며
쫓아 올라갔다.

드디어 동산의 꼭대기
나무라고는 오직 하나
모질게 자란 소나무

돌투성이 사이에 뿌리박고
굵은 둥치가 짧은 곳에서
둘로 갈라진 가지에
푸른 솔잎을 달고 있는

그것은
내가 살아온 징표
나름대로 정직하고 선하게
살고 싶었던 날들이 용트림하고 있는
소나무! 그 뒤로 그놈이
재빠르게 숨어든다.

15
–이제 됐다!
그놈은 독 안에 든 쥐다.
나는 고동치는 가슴에서
권총을 빼어 들고
그놈을 쫓아 들어갔다.

그 순간 나는
살아온 날들이 무너지는 듯
땅 위로 뻗어 나온 소나무 뿌리인지
순간적으로 뻗은 그놈의 다리인지
분간할 사이도 없이 넘어졌고
그놈이 나를 덮쳤다.

아 아
숨 막히는 육탄전
존재의 몸부림에
나는 그놈의 숨통을 조이고
그놈은 내 숨통을 조이며

그놈과 내가 전도되는
혼미한 정신으로 나는
동산 밑으로 굴러 내려갔고

동산은
떠오르는 아침 햇살에
뜨겁게 불타올랐다.

6부

실없는 대화

- 노래를 위한 시

혼술 혼밥

내 나이 한국 나이로 서른다섯
혼밥 혼술을 하지
마트에 없는 것이 없고
나는 자유이니까 누가 뭐래도
상관할 필요 없지
친구들은 저 살기 바쁘고
애인은 다른 것을 탐색하기 바쁘니까
세상이 다 그러니까
부모는 네가 알아서 하라는 거야
그러니 나는 나와 대화하지
혼밥 혼술을 하면서
외로움도 친구 될 수 있으니
힘을 합쳐 내일을 개척하자고

내 나이 한국 나이로 예순다섯
혼밥 혼술을 하지
마트에 없는 것이 없고
한세상 살았으니 누가 뭐래도
상관할 필요 없지

110

마누라는 먼저 저세상 가고
자식은 지들끼리 살기 바쁘니
세상이 다 그러니까
정든 나와 대화하며 사는 거야
누구의 눈치도 볼 필요 없이
혼밥 혼술을 하면서
그리움이 데려다주는 추억은
미라로 가슴에 묻어 놓고

환상

생각의 날개를 활짝 펴 봐 세상을 향해
우리들의 이야기가 하늘의 별 같이
수없이 반짝이며 펼쳐질 테니까
사실이 아닌 것을 사실 같이 말해 봐
상상의 세상이 현실로 나타나며
우리들의 생각은 한없이 넓어지고
세상은 날이 갈수록 새로워질 테니까
우리들의 앞날이 무궁하게 열릴 거야

그러니 세상 살맛이 나는 거지 우리들이 상상하는 대로 세
상이 바뀌고 그곳에서 사람들이 꿈을 꾸고 있으니 me too,
I feel same, me too, I will go 너도 나도 희망의 날개를 펴
고 날아가는 거야 축제의 마당으로 저마다의 생각으로 분
장하고 기쁨의 노래를 부르며

환상의 날개를 펴 봐 미래를 향해
상상과 예지가 만들어 낸 마법의 세상
우리들의 꿈이 현실에 이루어 놓은
새로운 세상으로 데려다줄 것이니

　　　　　　　　그대_ 소식이 궁금합니다

생각지 못했던 환희의 씨알들에
재능과 재질이 새롭게 돋아나고
신비로운 가슴이 약동할 테니까
우리들의 앞날이 무궁하게 열릴 거야

겨울 꽃

수정 같은 하늘 밑 하얀 눈 속에
붉게 피어 있는 겨울 꽃 한 송이
고통을 인내하며 꽃피운 사랑인가
순결한 열정이 흰 눈 속에 타오르며
아름다운 모습으로 마음 설레게 하는
아 아 희고 차가워 더욱 붉은 꽃이여

꽃잎 겹겹이 숨겨 놓은 정념으로
칼바람도 품어 노곤히 잠들게 하고
냉정한 눈꽃을 녹여 눈물 흘리게 하는
천성의 뜨거운 가슴으로 아름답고
고결한 사랑의 꽃을 피우고 있는
아 아 희고 차가워 더욱 붉은 꽃이여

그대_ 소식이 궁금합니다

가족

꽃으로 피어나지 가족은
사랑의 줄기에 피어나는 꽃
모진 비바람과 찌는 땡볕에도
마음 비비며 정을 주고받으며
굳은 가지 따라 추억이 흐르는 곳
아버지 어머니가 거기에 있지
굳은 둥치 뿌리박은 곳에
운명의 둥지를 틀은 사랑으로
형제자매란 이름의
같은 모양 같은 색깔의
꽃을 피워 놓았으니
세상 바람 따라 흩어져 있어도
함께했던 수많은 추억에
다시 모이면 통하는 정이
함박웃음 꽃으로 피어나지

정의를 찾는다

정의를 찾는다.
숨어 있는 정의를
욕망과 변명이 뒤섞인
현대인의 도시에서
변덕스러운 정의를
운동회 날 푸른 하늘에
나부끼는 만국기 속에
꼭꼭 숨어라 머리카락 보일라
가면놀이 경기를 하는 사람들
수단과 방법을 가리지 않고
자신을 내세울 정의를
천심을 끌어들이며
정의는 인간의 노력으로
실현하기는 불가능하다고
하늘 높이 욕망의 바벨탑을 쌓으며
높이 높이 올라라 하늘 끝까지
지혜로 도덕을 날리며
한 손에 저울을 들고 한 손에 칼을 들고
자유와 평등 이익과 분배를 저울질 하는

그대_ 소식이 궁금합니다

옳고 그름이 만국기처럼
나부끼는 세상에서
정의를 찾는다.

자유의 찬가

밝아 오는 하늘은
붓 끝에서 퍼지는 색채처럼 열리고
새벽 공기는
피아노 음계를 밟아 가듯 퍼지는데

붉은 나팔꽃이
하늘을 향해 부는 나팔 소리

생명의 질곡에서 터져 나오는
생각을 이끌고 날아올라
햇빛 쏟아지는 세상으로
상상과 열정 욕망과 정의를

세상에 뒤섞이는 혼란 속에도
네가 향유할 수 있으리

마음대로 사랑할 자유
마음대로 열정을 펼칠 자유
마음대로 욕망을 꽃피울 자유
마음대로 정의를 탐색할 자유

방황해도 좋으리
네 안에 이정표가 있으니

의지의 버스를 타고
억압과 이별의 강을 건너
상상의 기차를 타고
기쁨과 진실의 고개 넘어

자유가 꽃피는 세상
저마다 다른 색깔의 희망으로
내일을 노래 부르리

겨울이 오고 눈이 내리면

겨울이 오고 눈이 내리면
문득, 돌아가고 싶은 곳에서
그대라는 이름으로 불리는 이
밤새워 나를 기다리고 있을 텐데

겨울이 오고 눈이 내리면
그렇게, 많은 세월 동안
쌓이고 쌓인 이야기들이
숲속의 눈꽃으로 피어날 텐데

겨울이 오고 눈이 내리면
하얗게 쌓인 눈 속에 그렇게
갇힌 그대, 붉은 꽃송이로
간절한 마음 태우고 있을 텐데

겨울이 오고 눈이 내리면
그대와 나 멀어지는 거리에

쌓이고 쌓인 말 나누고 싶어도
깊어 가는 눈길을 찾을 수 없을 텐데

아 아! 겨울이 오고 눈이 내리면

실없는 대화

손녀야 너는 왜
예쁘고 똑똑한 거니
할아버지 그거는
할아버지가 바보이기 때문이야
손녀야 너는 할아버지가
바보로 보이니
아니요 할아버지가
그런 질문하니까
대답하는 손녀는
나이 다섯 살

손자야 너는 왜
귀엽고 멋진 개구쟁이니
할아버지 그거는
할아버지가 장난꾸러기이기 때문이야
손자야 너는 할아버지가
장난꾸러기로 보이니
아니요 할아버지가
그런 질문하니까

122

대답하는 손자는
나이 네 살

커피를 마신다

아침 열 시
먼 길을 걸어온 자리에서
못내 떨치지 못하는 후회의
커피를 마신다.
살아온 날의 끝자락을 잡고

한 모금 한 모금
쌉쌀하고 달콤한 커피에
묻어오는 기억을 더듬으며
커피를 마신다.
가 버린 꿈이 두고 간 자리에서

한 자락 한 자락
드러나는 내 모습에
욕망과 실패 희망과 좌절의
커피를 마신다.
살아갈 날의 문턱에 앉아서

너를 찾는다

찾는다.
사람과 사람들 사이에서
사라져 가는 너를

수많은 기억 속에서
선명하게 떠오르는 너의 모습이
눈앞에 어른거리는데

아무래도 많이 변했을 너는
붐비는 지하철에서 내려
바쁘게 걸어가고

놓칠 수 없는 기억에 나는
과거를 현재로 바꾸는데
현재를 과거로 바꾸는 너는

가슴에 새긴 아픔을 이끌고
시간의 숲을 헤치며 멀리
타인처럼 걸어간다.

김유조(시인, 평론가)

시집 『그대 소식이 궁금합니다』는 모두 6부로 구성되어 있다. 우선 정갈한 문체에다가 복잡한 수사나 난삽한 문투로 겉멋을 추구하지 않은 운문의 품새가 수묵담채의 6쪽 병풍을 대하는가 싶다. 자주 나오는 설경 속에서도 끊어지지 않고 이어지는 색채 정경을 또한 염두에 두어 보면 담채에 더하여 수묵채색화를 연상해도 좋을 듯한 시의 세계이다. 정말 우리가 숨 쉬어 살아 마지않는 이 세상의 일말 현상들은 적절히 결코 놓치지 않고 색채로 환치한 부분들은 절묘하다. 그런가 하면 보편화하고 어렵지 않게 단순 처리한 듯한 시어의 전개 속에도 항시 무시할 수 없는 고통의 자국이 남아 있음을 간과할 수는 없다.

기왕에 그림에 빗대어 시작한 인상비평을 이어 가자면 유화의 페인팅에 나이프로 긁어 낸 자국이 유난한 흔적을 이 시인의 전람회에서는 간과할 수 없다는 탄성이다. 그런 부분에서는 특히 독백적 운율이 강화되어 있다. 문학이, 특히 시가 태생적으로 자기 기록적이고 자기 치유적인 주술적 요소가 있음에 상도할 때 이런 부분들은 시인의 시적 세계를 이해하는 데에 큰 도움이 되고 한없이 공감을 불러 일으켜서 가독성을 높인다. 특히 이런 고백적 술회가 시집 속에서 적절히 대화체의 형식을 취하고 있어서 독자는 이 시인의 또 다른 자아(alter-ego)를 가늠해 보고자 시각을 깊게 꽂아 보게 된다. 시인의 전략이 돋보인다.

심상에 관한 인상 비평적 차원과 달리 구조적으로 시인의 작품 세계를 들여다보면 문득 그리스 시대의 5막 장막극을 떠올리게 된다. 시집의 6부를 5막 극으로 환치하는 근거는 6부 중의 제5부에서만 오로지「그놈」이라는 단 하나의 표제를 달고 옹이처럼 박혀서 1막이라기보다는 1장의 역할을 한다는 점이다. 말하자면 5막1장의 장막극을 자연스럽게 구성한다는 말이다. 그리고 이 1장은 절묘하게 전체의 시세계에 쐐기의 역할로 작용을 하면서 그러다 보니 절체절명으로 전5막의 모티브, 즉 동인이 되고 있다는 점이다.

물론 시인은 용의주도하게도 이 옹이를 처음부터 내 비치지는 않는다. 앞서도 말했지만 처음부터가 아니라 그저 슬쩍 제5부에 가서야 "그놈"이라는 표제로 감추어 내놓고 있다는 말이다. 잘 알다시피 그리스 5막 희곡이라고 한다면 5분법으로 볼 때 '발단→상승(전개)→절정(위기)→하강(반전)→결말(대단원)'의 구성으로 되어 있다. 이때 1장의 위치는 자유스러워서 해석상 구애받을 필요가 없다. 물론 이 시집의 주제나 구도가 그리스 비극의 구성 요소와 동질시

할 수만은 없고 그럴 필요도 없다.

그러나 만상을 보는 이 시인의 시각에는 제5부의 옹이가 항상 역할을 하면서 삶의 해석에 어두운 그늘을 마치 음계에서 단조가 필연이듯이 내재해 있음을 독자는 감지할 수 있다는 것이다. 또한 앞에서 말한 또 다른 자아(alter-ego)와의 대화와 갈등이라는 모티브의 동인이 바로 이 1장에 응축되어 있음도 깨닫게 된다. 물론 구도가 전래의 5막1장에 근사하다고 하여서 시인의 시 세계가 삶 전체를 그리스 비극적 구도에 비근하다는 주장은 아니다. 다만 우리 인생의 대서사를 전통의 5부 구성에 무심한 듯이라도 의탁하는 시적 짜임새가 삶이라는 심포니에 절묘하게 들어맞더라는 말이다.

덧붙여 보자면 구성의 부분이 구조적 함의를 갖고 있다는 점은 장편 소설의 5부구성과도 그 궤를 같이한다고 볼 수 있다. 소설의 경우에도 '발단-전개-위기-절정-결말'의 5부 구성을 자주 볼 수 있는데 어니스트 헤밍웨이의『무기여 잘 있거라』의 5부 구성이 언뜻 떠오르는 얼개이기도 하다. 삶의 파노라마가 흘러가는 구조적인 환유의 예시이려니와 필경은 그러한 구조적 시각이 삶의 근원과의 대면에 대한 독자로서의 해석 방법론과도 맥락이 통한다.

이제 구조적인 분석을 5막1장의 구도 속에 넣어 보면서 시인의 시 세계를 구체적으로 음미해 보고자 한다. 시집

『그대 소식이 궁금합니다』 제1부의 소제목은 「열리는 풍경」
이다. 발단의 단계에 들어맞는 표제인가 싶다. 그리고 첫
시제는 「햇빛 한한 여름 한낮」이고 다음은 곧장 「산뽕나무
아래」이다. 소제목 "열리는 풍경"은 바로 우리 생의 일반화
이기도 하다. 그리고 그 일반화의 전경 혹은 정경은 처음
부터 봄의 생기라든지 혹은 겨울의 황폐 같은 결정론적인
답을 제시하지 않는다. 생의 모습은 일 년 중에서도 가운
데 뜨거운 여름 풍경으로 우리의 앞에 열려 있다. 시인은
첫 시부터 자연의 역동적인 풍경과 뜨거운 삶 속에 숨어 있
는 꿈과 신비를 캐내기도 한다. 그게 바로 삶이 열리는 풍
경이자 이 시집의 열린 풍경이라고 할 수 있다.

  "무거워진 숲은 조용하다 / 가슴속으로 / 푸른 녹음의 꿈
을 제조하고 있다 // 거리엔 하얀 그림자들이 분주하다 /
세상 속으로 / 한낮의 비밀을 퍼 나르고 있다."

  삶의 전경에 비쳐진 시인의 시각은 그다음의 시 「꿈의 상
승 곡선」에서 더욱 긍정적이다. "고통의 한가운데도 / 기쁨
의 순간이 있다. / 희망과 절망이 그렇게 / 서로 얽히어 있
으므로 / 삶은 의욕을 만들어 내고 / 의욕은 꿈을 키운다.
(중략) // 존재가 그것을 키우느니 / 삶에 뿌리박은 꿈의 /
꽃은 위에 피는 꽃이 아름답고 / 줄기는 아래쪽이 더욱 튼
튼하다."

  존재에 관한 최초의 의문이 생성되는 계기는 「낮달」에서
부터인가 싶다. 마치 나다니엘 호손이 그의 창작론에서 로

맨스 이론을 도입하여 자신은 낮의 시간에 비치는 사물도 밤의 형상으로 그려 낸다고 하였듯이 시인은 "청명한 하늘에 / 낮달이 하얗게 떠 있다 // 죽은 자의 영혼처럼 / 떠 있는 달"이라고 낮의 생명 현장에서 죽음을 인지하는 자세를 보인다. 특히 2연에서 "가슴속 / 어딘가에 있는 / 아버지의 영혼인 듯이"라는 대목에서는 저 5부에 옹이처럼 박힌 어떤 DNA의 영향을 아직은 먼발치에서나마 전조하고 있다는 생각도 해 보게 된다. 그러나 부정적인 반응을 보이는 것은 아니다. "아버지와 할아버지 / 그의 할아버지들이 // 두고 간 세상을 / 아름답게 만들기 위해 // 달의 뒷면에 모여 앉아 / 회의를 하고 있다고"으로 낮달의 존재 의미를 부여한다.

아무튼 제1부의 주제는 "열리는 풍경"이다. 장막극이나 장편으로 보면 "발단"에 해당하는 국면이다. 그러므로 제1부의 소제목이 "열리는 풍경"이라는 것은 이와 맞물리는 경지이다. 제1부의 여덟 번째인 이 시는 세 쪽의 연으로 구성되어서 첫 연에서는 "주렁주렁 달콤한 이야기를 달고 있는 풍경"으로 마무리를 하고 두 번째 연에서는 "상큼한 사색의 향연이 펼쳐지는 풍경"을 그려 내는데 마지막 연에서는 "위험한 욕망으로 빠져들게 하는 풍경"이라고 하여서 세상에 존재하는 과분한 정염의 세계를 의식하고 있다. 그렇게 인식을 한 영혼은 이제 "가슴 두근거리게 하는 / 기쁨에 속지 말라고"하는 소리를 듣지만 "그는 여전히 보이지 않고 / 목소리만 귀에 쟁쟁하다.”

이러한 영혼에 정오의 장미꽃은 어떻게 다가올까. 세상이 험하다 보니 마인드 피싱의 형태로 장미꽃은 찾아온다. 그러나 고운 마음 빼앗기, 장미꽃이라면 계좌번호와 비밀번호를 노출해도 좋으리라. 시심이 그윽이 넘친다.

「태풍의 손」에서는 염천에 미리 다가올 태풍을 예측, 예보하고 아우성치는 해풍을 이미 마음으로 느끼며 전율하며 축제의 시작으로 삼고 할 일을 해야 할 소명을 느낀다. 축제의 시작이다. 살아 있는 것들은 춤춰야 한다.

“신비로운 음악에 맞추어 // 이제 나는 / 할 일을 해야 한다 / 바다의 심장을 꺼내 온 손으로 // 도시가 푸른 숲으로 변하고 / 죽은 자들이 살아나 활보하는 거리에서”

그런데 이 시행들은 시인의 긍정적 각오와 함께 현황을 어둡게 보는 회의의 시각과 갈등하는 시심도 내비치고 있어서 대서사의 발단 부분의 끝이 다음 2부에게로 그 역할을 넘겨주는 기미를 보이고도 있다 할 것이다. 그래서 그런가, 1부의 발단 시 「햇빛 환한 여름 한낮」에서는 “비밀이 드러난 거리는 뜨겁다 / 현실 속으로 / 철학이 풀 수 없는 것들이 걸어오고 있다”라고 하여서 마치 셰익스피어의 『햄릿』에 나오는 대사간은 시행을 의미심장하게 내놓으며 일단 “발단”의 막을 내린다.

제2부 표제는 「바람의 이정표」이다. 발단에서 시작된 인

생의 역정은 이제 "전개" 과정에 들어섰다고 할 수 있다. 물론 시인이 나눈 각부는 그리스-로마의 5막극이나 장편의 5부 구성과 그 궤를 꼭 같이할 필요는 없다. 이 시인도 그런 구조적인 틀을 굳이 차용했는지는 확실하지가 않다. 그러나 대목장이 목수가 대가람을 짤 때 이미 일주문에서 대웅전까지의 설계가 머릿속에 형성되어 있듯이 시인이 서사를 구상할 때에는 부지불식간에라도 그 어떤 흐름과 얼개가 가슴속에 이미 깃들지 않을 수 없을 것이라는 점이다.

「바람의 여정」에서는 이제 "전개"의 단계에 소속되는 서사를 우리는 가슴으로 읽고 느끼지 않을 수가 없다. 한편 제2부의 시집의 제목인 (그대 소식이 궁금합니다)를 보자.

"어느 날
내 가슴속 둥지에서
하얗게 날리는 눈발 속으로 날아간 그대

지금 어떻게 지내고 있는지
그대 소식이 궁금합니다.
(중략)
무성한 세월
살아온 날들에 얽히어
찾아갈 수 없는 이곳에서

그대 소식이 궁금합니다."

우리가 삶이라는 대해를 항해할 때 어느 한때나마라도 떠나온 기항지의 "그대 소식"이 궁금하지 않을 때가 있으랴. 더욱이 내 가슴속에서 한 마리 작은 새가 되어 날아간, 그 추운 폭설 내리던 날 험한 하늘로 떠나가서 무성한 세월 가운데 찾아갈 수도 없는 이방에서 흔들리며 살아간다는 풍편의 소식까지 들리던 그대, 지금 다시 소식이 궁금하며 애를 끊는 세월을 시인은 회억한다.

과거와의 교신에서 애가 끊던 시인은 문득 현재로 돌아와 자신의 위상을 살핀다. 위상 확인은 물론 시와 나와의 관련, 그 일체감에 대한 점검이다. 바로 내 시가 그대로 나인가라는 의문 제기이며 재확인을 하는 순간이다. "나는 시를 쓴다 / 말 없는 나무 속에서 / 눈 내리는 풍경을 바라보며 // 세상에 없는 시 / 나만의 꽃을 피운다 / 잎이 나고 꽃이 피는 소식을 전하는 詩" 그 소식의 도달 희망처는 물론 그대일 따름이다.

이 시에서 시인은 시인의 숙명 같은 것을 토로하고 있기도 하다. 시인의 시어와 시행은 일상의 것을 초월하고 초극하는 경지이기도 하지만 또 어떻게 보면 세속에 함몰되어서 진정한 대화는 그저 수화처럼 수행하며 지내야 하는 운명도 암시하고 있다.

그다음 장에서 보게 되는 「말(言語)의 골짜기」에서 "골짜기는 넓고 / 골짜기는 깊다. // 서로 엉키어 소란스러운 / 누구라도 빠지면 나오지 못하는 / 말의 골짜기 // 말이 말을 낳고 말이 말을 죽이며 // 가식의 모습으로 / 양심의 모습으로 / 거짓의 모습으로 / 정의의 모습으로 (중략) //골짜기는 넓고 / 골짜기는 깊다."라고 일상어에서는 도피하고 시어에만 자신을 가둘 수밖에 없는 자신의 모습을 술회한다.

시인의 시론은 「문득」에서도 이어진다. "문득 그렇게 / 떠오르는 생각 (중략) 가슴속에서 걸어 나와 / 말이 되고 詩가 되는 / 생각이 있다."

반추해야 할 과거시제가 더 많고 긴 이 시인에게는 그러나 사무엘 울만의 『청춘예찬』을 빌려오지 않아도 가꾸는 시세계 자체는 풍성하다. 타고난 감성이라고 하지 않을 수 없다. 연륜이 주는 긍정적 요인 말고 부정적 측면에서의 우주 삼라만상에 대한 수많은 의문이 나이와 함께 차감되는 현상이 이 시인에게서는 도무지 보이지 않는다. 우주의 형상에 대한 경탄은 곧 그 기본이 되는 질료에 대하여 끊임없이 질의하고 천착하는 자세를 보여서 독자들도 그 의문의 열차에 동승하여 자신의 좌표를 가름해 보는 순간을 공유하게 된다는 말이다. 시인이 세상을 자의로 노래하는 외에 책무가 있다면 바로 이런 영역이 아닐까 싶은데 그것을 또한 기꺼이 지는 자세가 그의 시행에는 자연발생적이다.

「바람의 이정표」에서 던지는 "내일로 가는 / 길은 어디에?"라는 싱그러운 의문도 이에 다름이 아니다. 그러나 의문은 그 자체로는 에너지에 가득한 행위일지라도 그 방향성은 쌍방향이고 부정적인 방황을 동반하게 된다. 시인은 그 방황을「질문」이라는 시에서 이렇게 노래한다.

"어둠 속에 눈이 내리고 / 하얀 눈송이들이 속살거리며 / 알 수 없는 이야기들을 만들어 내면 / 나는 의식의 문을 나선다. 방향을 잃고 / 흰 옷 입은 천사와 검은 옷 입은 악마 사이로"그리고 우리는 그의 의문에 함께 의문을 안고 따라가 본다.

이제 시인의 시세계는 3막으로 접어든다. 전체 5막 극으로 나눌 때 이 단계는 절정의 경지인데 이 시집의 구성에서 미루어 관조해 보자면 사색의 정상을 아우르는 한 단원이라고 하겠다. 3부의 화두는「걸어가는 길」이다.

"걸어가는 앞길에
내가 알지 못하는 풍경이 있다
초원도 들판도 아닌
바위 틈 사이에 꽃들이 피어 있는 길
어제는 몰랐던 길이
목마른 희망처럼
휘어져 돌아가고 있다
(중략)

걸어간다 나는
꿈꾸는 것들을 현실로 만들기 위해"

　절정의 단계에서도 시인은 과거를 돌이켜보고 미래를 각오한다. 이 길은 스페인 산차고의 길인 것 같다는 동류의식도 느낀다. 아니, 굳이 그렇게 한정할 필요도 없다. 인생길이 모두 그 순례자의 길이 아니겠는가. 그리고 회한과 함께 투지가 보이는 점도 독자에게는 힘이 된다. 시혼이 당찬 결기가 되어 넘친다. 「새벽 산행」에서도 "오늘을 여는 새벽 나는 / 비둘기가 날아가는 곳을 향해 뛴다."라고 외친다.

　「여름은 가고」에서는 "맑은 하늘에서 포성이 울리고 / 전쟁은 치열했다. // 소총수들의 따가운 총격 소리가 / 주변에서 울리고 // 전사자들의 무덤에서 / 빨간 꽃들이 피어나고 있을 때 // 정열에 목말라하던 너는 / 전장에 나가 소식이 없더니 (중략) 꽃길을 걸어오는 너의 모습이 / 몰라보게 성숙해 보인다."여름이 가고 전쟁의 나팔 소리가 들리는 이때는 민족상잔의 육이오 참상의 기간이어도 좋고 우리가 겪는 생의 한가운데에서 벌어지는 전장일 수도 있다. 그러나 이 전장의 길가에 핀 꽃길을 걸어 돌아오는 우리의 영혼은 마침내 성숙하였다고 시인은 긍정한다. 이제 3부의 백미라고 할 수 있는 「여행」이라는 시행을 음미해 보기로 한다.

"자! 그러면 / 떠나는 거야 / 미지의 세계로 // 현재에 머물러 있는 / 낯익은 거리와 낯익은 사람들 / 낯익은 생각들이 만들어 놓은 너와 함께 // 땅을 튕기고 올라간 만큼 / 파란 하늘을 가로질러 어디쯤 / (중략) // 오랜 세월 / 숨어 있던 의식이 깨어나 / 불러내는 영감으로 // 역사의 뒤란에 / 인간이 숨겨 놓은 / 보물을 캐내는 거야"

이 시는 T.S. 엘리엇의「알프레드 프루프록의 연가」와 비슷한 구도를 갖는다. 그러나 내용에서는 엘리엇의 시가 현대인의 가사상태, 수면상태와 황혼 같은 의식을 적시하였다면 여기에서는 미지의 세계에 대한 동경과 진군의 나팔소리를 듣는다. 성숙의 통과제의를 느낀다.

그러나 세월의 추이는 거부할 수 없는가. 제3부의 결말 부분에서 우리는「초겨울」을 맞으며 "붉게 물든 단풍도 / 떨어져 바람에 날리는데 / 고향 집은 멀기만 하다 (중략) 외로움을 받아 줄 고향 집은 / 무거운 하늘에 눌려 더욱 작아 보이고 / 낮은 굴뚝 끝 저녁연기는 흐리게 흩어지고 있다". 이어서 이윽고 맞는「눈발」에서는 (전략) "이정표도 생사의 경계도 없는 길에 / 쏟아지는 눈발만 가슴을 적신다". 걸어가는 우리의 길, 그 좌표는 이렇게 표류하고 오리무중일 수도 있다는 것을 시인은 통감하고 절규한다.

이제 시의 세계는 4부 하강 혹은 반전의 단계에 접어들고 있다. 이 역시 절정의 경지를 겪고 난 다음의 깊은 내성

적 단계로 생각하면 이 시집의 긴 호흡을 이해할 수가 있다
고 하겠다.

4부의 첫 시는 「그냥」이다. 3부까지 지칠 줄 모르고 걸
어온 길은 문득 그냥 그렇지 뭐, 하는 식의 호흡 조절을 거
친다. "그냥 피는 꽃이 아름답다. / 거친 수풀 속에서 / 퍼
올리는 꿈 // 그냥 이루어지는 사랑이 아름답다. / 억지로
꾸미지 않는 가슴에 / 익어 가는 진실 (중략) 그렇게 살아 /
그렇게 사랑하고 / 그렇게 행복해지는 / 그냥" 이렇게 한번
그냥 쉼표를 겪는 것이 삶이고 또한 그 순간의 명상과 반추
가 삶에 얼마나 많은 채색을 하는지는 겪어 보지 않은 연륜
에서는 가름하기 쉽지 않다.

「기다림」에서는 "가을 하늘에 기러기 날아가는 것을 본
다. / 푸른 산허리를 하얗게 돌아 / 풍경을 끌고 가는 여
정"으로 하늘의 길도 반추해 보는 자세이다. 「무명의 진실」
에서 이런 자세는 더욱 절절하다.

"나를 찾는다. 헛된 욕망의 땅에서 / 살아온 날들은 수
많은 가지를 뻗어 뿌리 양식을 고갈시키고 / 기쁨의 노래/
신나는 춤 / 굳은 줄기에 옹이 박혔다. / 꿈을 찾는 광산
에서 / 정열의 곡괭이질은 점점 무뎌져 숨어 있는 꿈을 찾
지 못하고 / 사랑의 고갈 / 의지의 소진 / 삶의 연료는 점
점 바닥이 드러났다. 내일로 가기 위하여 / 굳은 줄기에 박
힌 옹이를 빼내어 불쏘시개로 쓰는 허전한 가슴에 / 끈질
긴 약속 / 무명의 진실 / 잃어버린 길을 찾는다. 정복당한

그대_ 소식이 궁금합니다

땅에서 / 꿈의 전쟁에 미아가 된 어린 아기를 안고 오는 나를 위하여".

전장에서 미아를 안고 오는 나의 심정은 어떠할까. 황무지의 시혼이면서도 생의 타자를 구했다는 간곡한 마음도 또한 갖고 있으리라는 기대를 품어 본다.

하지만 인생의 4부는 역시 사고의 반전 시대이다. 시인은 차츰 지난 사랑의 역설을 깨닫는다. 「사랑의 굴레」가 그러하다. "잃어버린 세월 속의 / 사랑은 내 안에서 자라고 / 나는 해마다 후회의 꽃을 피운다. // 한 뿌리에서 피어난 꽃은 / 같은 모양 같은 색깔인 것을 / 질곡의 세월에 굳은 가지에서 / 먼저 피어났다고 / 여린 가지에서 끝에서 / 내일을 향해 봉오리 틔웠을 너를 (중략) // 세상 비바람에 내몰린 너 / 꽃다운 행복 누리지 못하고 / 두려움에 낙화되었던 것을 // 세월이 흐른 후에야 / 알게 된 너의 빈자리 / 풀리지 않는 사랑의 굴레에 / 나는 해마다 후회의 꽃을 피운다."

여기에서 구태여 시인의 사적인 인생사를 추궁해 볼 필요는 없다. 사색의 굴레에서, 사변의 레일 위에서 회한과 질곡은 언제나 형상의 원천, 그 질료일 따름이다.

「어쩌면 좋으랴」에서 이런 사변의 질곡은 더하여만 간다. (전략) "오롯이 드러나는 진실만 / 알몸으로 떨고 있으니 / 어쩌면 좋으랴 / 세상은 눈보라뿐이어서 / 아무도 알아볼 수 없는 모습으로 / 가슴만 태우고 있는 것을"

세상사라는 전장에서 그 엄혹한 눈보라 속에서 과연 지나간 인연, 사랑, 그리고 기획은 눈을 떠서 분별하기도 어려운데 이제 어쩌면 좋으랴, 다시 돌이킬 수도 없는 것을 시인은 통한으로 외치고 있다. 4막의 전경이 오롯이 담겨 있는 장면이다.

그리고 시 「오후」이다. "(전략)탱자나무 울타리 안에서는 / 한낮의 흥정에서 얻어 내었을 / 석양을 한 아름 안고 오는 그들을 / 맞이하기 위한 잔치 준비가 / 한창이다." 그렇게 황혼은 어슬렁 찾아와 자신의 자리를 확보하고 확고하게 할 것이다.

물론 생의 이 단계에서도 우리에게는 행복의 순간들이 시시각각 함께하고 있음도 사실이다. 그 순간을 시인은 「이 순간」에서 이렇게 노래한다. "아파트 공원 가운데서 / 꽃다발을 들고 있는 일곱 살 손녀 / (중략)석양빛 때문일까? / 갑자기 만난 그들의 모습이 / 언젠가 그때의 행복 같은 / 착각에 빠진 것은". 사랑하는 후손들과의 만남은 기쁨임과 동시에 하오의 한나절이기에 더욱 붙들고 싶은 애상을 함께한다.

4부를 마감하는 시는 「팽나무」인데 더 정확하게는 그 서 있던 자리를 노래하는 셈이다. (전략) "세월이 지나간 자리 / 텅 빈 집 마당 옆 언덕에서 / 무성한 잎들이 낙엽 지듯 / 가슴 설레던 기억들 / 우수수 떨어지고/ 있다"

그대_ 소식이 궁금합니다

이제 시심은 5막1장의 그 1장에서 옹이박이의 존재, 그 실존과 격렬한 갈등의 국면에 들어서게 된다. 모두에서도 언급하였거니와 시 혹은 운문의 존재 양식은 문자 이전부터 기록적 역할과 자기 힐링을 위한 주술적 요소가 혼재되어 있다고 하였다. 이런 목적적 행위의 근본을 제공하는 옹이 혹은 갈등의 근원이 이 시집의 제5부에 구조화되어 들어 있다.

5부에서는 우선 따로따로 세부 시제를 갖고 있지 않고 다만 아라비아숫자로 단락을 나눌 따름이다. 경계가 있는 듯 없는 듯, 일종의 의식의 흐름 기법일 수도 있고 끊임없이 자아의 경계가 허물어지는 형태 같기도 하다. 혹은 자아를 침범하는 제2의 자아, 분리된 자아 즉 얼터이고(alter-ego)가 시적으로 포용되고 용해되거나 소비되는 형식이라고도 볼 수 있을 것이다.

「그놈」이라고 이름 붙여진 장의 1에서 "그놈"은 이렇게 찾아온다.

"무지한 손으로
내 생각을 움켜쥐고
어리석음과 두려움의 꼭두각시놀이로
사람들의 웃음거리가 되게 하고

삶의 순간마다

소나무 재선충처럼
속속들이 파고 들어와
나를 고사枯死시키고 있는 놈

나는 그놈을 죽여야 했다.
겪어 온 역경과 고통
운명의 동산에서"(후략)

그리고 2에서는 대화체로 출몰하여 자아인 나와 격렬한
의식 다툼을 벌이는데 그놈의 정체가 무엇일가는 아직 짐
작이 가지 않는다. 아무래도 나의 얼터이고, 제2의 자아가
아닐까 짐작은 갈 따름이다. "자! 술이나 한잔하세. / ……
/ 그렇게 속을 끓인다고 뭐 좋은 수가 있겠나? 몸만 상하
지. / …… / 열심히 살지 않았나. 세상이 잘못된 거야. 야
비한 놈들이 잘되는 판이니 / 하지만 정의는 살아 있으니
까. 다시 일어설 수 있을 걸세. / (중략) / 나는 그놈이 여유
만만하게 술잔을 드는 순간 / 가슴에서 권총을 꺼내 / 방아
쇠를 당겼다. / 탕. 탕. 탕."
그러나 물론 그놈은 죽지 않고 달아난다. 당연한 귀결이
다. 우리의 의식 속에서 의식을 지배하는 옹이가 언제 죽
어 나가는 것을 겪은 적 있던가. 그놈은 결코 죽지 않고 우
리의 의식 사이를 배회할 따름이다. 의식의 주체가 죽지
않은 다음에야.

그놈은 때로 나와 가장 가까운 친구의 얼굴로 나의 분신이 된다. "동산에 노란 개나리가 피어 있던 고등학교 2학년 4월이었다. / ―우리 소설 한번 써 볼까? 나라신문에서 장편소설 모집한다더라. 너랑 나랑 거기 한번 도전해 보자. / 학교 뒷산으로 산책하자던 문학반 친구가 말했다. / ―그래도 될까? / 나는 친구의 뜬금없는 말에 어리둥절했다. / ―못 할 게 뭐 있나. 전국일보에 당선된 학교 선배도 고등학교 때 쓴 거야. / 우리라고 못 할 게 뭐 있나"

시인이 사회생활을 시작하자 그놈은 회사의 동료가 되어서 주위를 배회하고 나를 엄습하고 또한 유혹한다. "회사가 새로운 프로젝트로 / 한동안 어수선하던 때였다. / ―네가 한번 해 봐. 회사를 위해, 아니 국가를 위해 한번 해 보는 거야. / 그놈이 열을 올렸다. // 그랬다. 그렇게 / 욕망과 무지의 줄기가 뻗어 나가며 / 망상과 욕심의 잎들이 돋아나 / 길을 덮은 동산에서 그놈은 패러독스 / 유혹의 잎사귀 밑에 숨어 있는 / 그놈의 또 다른 모습에 속는다."

어디 그뿐인가. 그놈은 이제 내 반려자, 마누라를 나로부터 떼어놓는 지경으로까지 몰고 간다.

"아내가 집을 나갈 때도 그랬다. / ―아주머니의 성품이나 인격으로 보나 곧 돌아오지 않겠나. / 그놈은 나보다 더 아내를 잘 아는 것처럼 말했다. / 아내와 말싸움을 할 때마다 물러서지 말고 맞서라고 펌프질하던 놈이었다. / ―아이들도 있는데. 기다려 보세. 곧 돌아올 걸세. / 그놈은 장담했지만 아내는 돌아오지 않았다."

의식의 심연 속으로는 마침내 오이디푸스 콤플렉스도 찾아온다. "-이놈아. 나야 나! / 갑자기 들리는 소리 / 귀에 익은 목소리에 나는 주춤한다. / -순사에게 들킬라 빨리! 빨리 들어와! // 아버지의 호통에 나는 / 눈이 휘둥그레져 방 안을 둘러보았다." 아버지와의 조우는 당연히 시제의 역전이기도 하고 모든 일상적 진행의 역순이기도 하지만 시인은 꼼짝 못하고 그 붕괴된 질서 속에서 자신의 의식을 뒤채이고 만다. "온몸에 닭의 생피를 바르고 / 닭의 피를 마시며 / 무당의 칼춤에 혼을 빼앗긴 / 운명의 수렁에서 생생하게 들리던 목소리 / -그래. 잘한다. 그래 잘한다. 그래 잘한다. // 동굴 깊이에서 메아리처럼 들리는 그놈의 목소리에 / 나는 정신을 번쩍 차리고 권총을 빼어 들었다. / 아 아 동굴 깊이 박혀 있는 正體의 혼돈 (후략)"

그리하여 마침내 살부의 권총을 발사하려는 순간 이번에는 엘렉트라 콤플렉스의 어머니가 나타난다. "-애야! 나다. 나. 어미야! / 시간의 미궁 속에서 흘러나오는 것 같은 / 순간 앵두나무 사이에서 흘러나오는 새된 목소리 / 나는 정신이 번쩍 들었다. / -어머니! 이 밤중에 여기는 어째서……? / -그노메 정신대 때문이다. / -정신대라니요? / -금순이 년이 끌려가는데 느이 할머니가 나보고 대신 나가라고 해서…… / -왜요? 어머니! / -막내 금순이 년은 어려서부터 느이 할머니에게 귀여움을 받았단다. / 딸만 일곱이나 되는 중에 끝에서 두 번째인 나는 언제나 천덕꾸러기였지."

어머니에 대한 애증은 이제 역사성으로까지 진입하고 나는 이 모든 갈등의 원천인 그놈, 혹은 나의 분신에게 달려들어 최후의 일전을 벌인다. 싸움의 승패는 불명이지만 해는 다시 떠오르고 내 실존만 세상에 덩그렇게 남아서 광망을 받을 따름이다. "아 아 / 숨 막히는 육탄전 / 존재의 몸부림에 / 나는 그놈의 숨통을 조이고 / 그놈은 내 가슴을 후벼 파며 // 그놈과 내가 전도되는 / 혼미한 정신으로 나는 / 동산 밑으로 굴러 내려갔고 // 동산은 / 떠오르는 아침 햇살에 / 뜨겁게 불타올랐다."

이제 국면은 마지막으로 달려가서 펼쳐진다. 6부의 표제는 「실없는 대화」이다. 마지막 대단원의 막을 시인은 장려하게 펼쳐 보이는 전략을 택하지는 않는다. 우리의 삶이 그러하지 않은가. 우리는 그저 실없는 일상의 대화를 펴나가는 속에서 오히려 생의 진정한 대화를 교통하며 그 무엇인가 내게 절실한 것을 요긴하게 찾고 싶어 한다. 영원한 "추구의 주제"가 여기에 대기하고 있는 셈이다.

「너를 찾는다」는 시제詩題가 6부의 주요 주제가 된다. "찾는다. / 사람과 사람들 사이에서 / 사라져 가는 너를 // (중략) 놓칠 수 없는 기억에 나는 / 과거를 현재로 바꾸는데 / 현재를 과거로 바꾸는 너는 // 가슴에 새긴 아픔을 이끌고 / 시간의 숲을 헤치며 멀리 / 타인처럼 걸어간다."

「실없는 대화」에서 시인은 이제 세상사의 격동기를 모두 졸업하고 내면의 행복을 추구하고자 열망한다. "손녀야 너는 왜 / 예쁘고 똑똑한 거니 / 할아버지 그거는 / 할아버지가 바보이기 때문이야 (중략) // 손자야 너는 왜 / 귀엽고 멋진 개구쟁이니 / 할아버지 그거는 / 할아버지가 장난꾸러기이기 때문이야 (후략)"

긴 여정의 끝에 시인이 헤진 돛을 이끌고 녹슨 닻을 내리는 항구는 바보가 된 할아버지의 항구이다. 그리고 때로는 혼밥과 혼술로 황혼을 달래는 이 땅의 석양세대의 상징이 되기도 한다. 그의 행보는 한 세대의 행보가 환치되어 있다. "내 나이 한국 나이로 예순다섯 / 혼밥 혼술을 하지 / (중략) 마누라는 먼저 저세상 가고 / 자식은 지들끼리 살고 있으니 / 세상이 다 그러니까 / 정든 나와 대화하며 사는 거야 / 누구의 눈치도 볼 필요 없이 / 혼밥 혼술을 하면서 / 그리움이 데려다주는 사랑은 / 미라로 봉해 가슴에 묻어 놓고"

이제 하나의 서사가 서정의 나래를 타고 종장을 향하여 달려간다. 시인의 일생을 이 시집에서는 연대기적으로 읽어 내려가도 별로 무리가 없다. 수많은 간난신고와 간곡한 추억을 바탕으로 깔고서 시인은 한 생애의 끝부분을 보편화하여서 맺고 싶어 한다. 자유의 찬가를 마지막 장에서 부르는 것은 이 시집의 시혼이 바라 마지않는 치유와 주술의 염원이라고도 할 수 있다.

> "(전략)
> 생명의 질곡에서 터져 나오는
> 생각을 이끌고 날아올라
> 햇빛 쏟아지는 세상으로
> 상상과 열정 욕망과 정의를
>
> 세상에 뒤섞이는 혼란 속에도
> 네가 향유할 수 있으리
> (중략)
>
> 방황해도 좋으리
> 네 안에 이정표가 있으니
> (후략)"

그리고 이제 그 방향타가 움직이는 것은 거의 「환상」의 경지임을 이 시집의 대단원은 예시하고 있다. "생각의 날개를 활짝 펴 봐 세상을 향해 / 우리들의 이야기가 하늘의 별같이 / 수없이 반짝이며 펼쳐질 테니까 / 사실이 아닌 것을 사실 같이 말해 봐 / 상상의 세상이 현실로 나타나며 / 우리들의 생각은 한없이 넓어지고 / 세상은 날이 갈수록 새로워질 테니까 / 우리들의 앞날이 무궁하게 열릴 거야 (후략)"

현실의 기록이어도 좋고 상상의 덧칠이면 더욱 좋다. 시인의 시 세계는 원래 그렇게 기록과 희망과 환상의 세계, 이카루스의 날개를 달고 태양을 향하여 날아가며 마지막 추락에 이르기까지도 수시적 자기 확인을 실현하는 기록이 아니겠는가. 육폭 병풍이나 5막1장의 시 세계는 앞으로도 가없이 전개되고 확장될 것이다. 막힘없이 펼쳐질 대하의 시 세계를 기대하는 것은 무릇 김근당 시인에 대한 개인적 헌사일 뿐만 아니라 깊은 사유를 바탕으로 불가시적인 세상사를 모두 가시의 세계로 일필휘지한 이 시인에 대한 당연한 기대라고 해서 조금도 지나치지 않다.